落地生花

林钊勤　　著

中国画报出版社·北京

图书在版编目（CIP）数据

落地生花 / 林钊勤著 . -- 北京 : 中国画报出版社,
2024.6
ISBN 978-7-5146-2414-4

Ⅰ . ①落… Ⅱ . ①林… Ⅲ . ①诗集 – 中国 – 当代
Ⅳ . ① I227

中国国家版本馆 CIP 数据核字 (2024) 第 079836 号

落地生花
林钊勤 著

出 版 人：方允仲
责任编辑：李聚慧
责任印制：焦 洋

出版发行：中国画报出版社
地 址：中国北京市海淀区车公庄西路 33 号 邮编：100048
发 行 部：010-88417418 010-68414683（传真）
总编室兼传真：010-88417359 版权部：010-88417359

开 本：16 开 (787mmx1092mm)
印 张：12.5
字 数：140 千字
版 次：2024 年 6 月第 1 版 2024 年 6 月第 1 次印刷
印 刷：三河市中晟雅豪印务有限公司
书 号：ISBN 978-7-5146-2414-4
定 价：59.80 元

落地生花

梁衡

梁衡，1946 年出生，山西省霍州人，1968 年毕业于中国人民大学。著名散文家、学者、新闻理论家、政论家和科普作家。曾任《内蒙古日报》记者、《光明日报》记者、国家新闻出版署副署长、《人民日报》副总编辑。

代表作有《觅渡，觅渡，渡何处》《大无大有周恩来》。先后有《晋祠》《觅渡，觅渡，渡何处》《跨越百年的美丽》《壶口瀑布》《夏感》《青山不老》《把栏杆拍遍》等 60 多篇文章入选大、中、小学教材。曾荣获全国青年文学奖、赵树理文学奖、全国优秀科普作品奖和中宣部“五个一”工程奖等多种奖励。2018 年 12 月，荣获第六届范敬宜新闻教育奖。

现任中国人民大学新闻学院博士生导师、中国作家协会全委会委员、中华全国新闻工作者协会全委会常务理事、人民教育出版社中小学教材总顾问。

蒋述卓，1955 年出生于广西壮族自治区灌阳县，文学博士，广东省作家协会主席，暨南大学中文系二级教授，中国文艺评论家协会顾问，中国文艺理论学会副会长，国家教学名师。曾任暨南大学党委书记、副校长。

代表作有《文化诗学批评论稿》《流行文艺与主流价值观关系研究》《宗教艺术论》《诗词小札》《生命是一部书》等。曾获教育部第七届人文社会科学优秀成果奖二等奖、广东省第八届鲁迅文艺奖。

序

探寻生存的可能

——林钊勤先生诗歌的精神之旅

林钊勤先生的诗古朴、清远，他书写中国古典文化与传统诗歌的价值，传递对传统文明和自然世界的反思。其作品所具备的承担精神、苦难意识、崇善至美的色调与力量都是值得我们关注的。

林钊勤先生的诗展现的是清苦而有所持守的生活模式，他的每首诗，大都是对世俗生活的真切体悟，有感而发。如《笔直的影子》《迎接春节的每一天》《在汨罗江，谈论河流》《三伏天》等，在形式上已经不是传统的空间结构，而是时间结构，具有哲学意味。

诗是强烈情感的自然流露，林钊勤先生的诗歌透射出浓浓的抒情特质。尤其是近年来的作品，把握了浪漫主义的诗学要点，这在《饮水赋》中有明显的体现。他在书写浪漫主义风格的作品时，强调浪漫的纯度和力度，以强烈的主观态度、奇特的幻想精神将浪漫主义发挥到了极致。

林钊勤先生的诗歌将自己的主观情感与外界的客观存在融会贯通，并通过平和的语言、古典的意象，产生或深厚、或淡远的情调。诚然，林钊勤先生的诗歌还有很多上升的空间，我期待着他的进步。

是为序。

中国诗歌学会会长
广东省作家协会副主席
中国作家协会全国委员会委员

目录

光芒

在黑夜，总有一只或几只蚊子
在身边环绕，低低轰鸣

那时，月亮还是残缺的，烛火
只剩下半截，光芒是黑夜昂贵的
执念；直到电线杆筑起城墙

我们接过时代的线索，交织成
密密的网，在田野、河流
高山，或隧道
挂起永不熄灭的月亮

在黑夜，捕捉一只或几只蚊子的
细小身影，读一本书
让光芒渗透进来

坚守

在黑暗中探索，通过电流
点亮，一束微弱的光
从煤油灯开始，在生活中普及
播撒，在城市、乡村
大山深处，无数次实验
架起了铁脊梁

万缕丝线，是汗水凝结的日志
只为架起永恒的太阳，取
一束不灭的光
让人们得以安心，不在
黑暗中迷失方向

万家灯火通明的深处
总有一盏灯，在默默
坚守，为我们——

身披霞光的人

小时候，父母把我扛在肩头
迎着初升的太阳，蹒跚学步
父亲指着大山的远处
说那里有身披霞光的人
有更美的风景

长大后，我高出父母半头
成了村里唯一的大学生
在三轮车、汽车、火车的接力下
我接住了山外的风

回来时，我带着父母，走遍
山川、河流、草木，看散落人间的
新事物与旧事物，看不同的霞光
听世界不同的声音
然后，写下自己的名字
写尽父母的一生

错误

从旧照片中打捞记忆
看自己小时候犯错的样子
想起父亲总是一言不发
默默抽着烟，似乎
在提炼古老的炼金术

面对生活，面对过错，沉默
并不是无声的，父亲深知这一点
即使蹲在门外，背负
沉重的月光

父亲依旧沉默，承受着我的年龄
承受着我是他的孩子

在空旷的夜里，通过门缝的虚掩
感受着我的诸多情绪
感受着父亲无声的爱

旧藤椅

在外漂泊多年，回到老家
又见到父亲的藤椅，旧的
有些泛黄，破碎的缝隙里
填满了父亲的旧事

关于藤椅，父亲一直不舍得换
去年生日，我给了他一把
特别定制一模一样的
父亲躺一会儿，总说不舒服
至于为什么，他一言不发
歪在旧藤椅上
沉沉睡去

老烟

说起父亲，就要说起
父亲的老烟杆，油光瓦亮
似打了一层蜡
塞上粗旧的烟渣，在脚面上
或石头上敲两下，点燃——

深吸一口，望向村口的老树
看河水流淌，弹一手灰儿
拍拍裤子上的土，吐出烟卷
这时，雨还没有来
父亲，还没有老去
我还在远方写信

院子

多年不回，院子里长满杂草
风一吹，旧事物就涌进脑海

陈旧的木门，虚掩着，差一把锁
锁住偷去时光的盗贼
门屋下的燕子窝，还保留着
温暖的外形，似乎飞离的是我

东院的杏树，还留着我爬过的痕迹
水井干枯了，里面泡着的西瓜也不见了
不见的，还有橱柜上的鸡蛋

小时候，母亲问我
长大了疼不疼妈妈，我说疼
母亲说用什么疼
我说用鸡蛋，在高高 *

窗外，滴滴答答的雨声响起
倦意占据身体，院子里，热闹非凡

注：* 俗语，这里特指放鸡蛋的地方。

笔直的影子

春节的土壤逐渐复苏
故土成堆，积雪在岩石缝里哭泣
边疆的沙石击落树梢的花蕊
整冬的鸟鸣被风吹远

山地的身影缓缓走近——
暗自欢喜，是内心藏不住的激动
战士们笔直的身躯从未偏离太阳的影子
从清晨，到午后，再至黄昏
汗泽舔舐着黝黑的皮肤
他们从未挪动脚步

影子又“长高”了

新春的鞭炮声藏进人海
墓碑前摆放的菊花已经枯萎
枯瘦的脸庞迎着雪花埋葬悲痛
这是这个月第五次刻碑

边疆把危险暴露在阳光下
寒意漫过。边防战士毫不退缩
吞咽着寂寞与孤独
午夜饭的酒杯在模糊的双眼前晃动
更加虚拟的世界变得清晰

边界的木桩站累了，坍塌只是一瞬间
下一秒，大风便捎带回家了
和心里的故乡短暂告别，他们顺着轨迹
和家人写信：

“雪化了就来回家”，心里默念
站岗的身影又“长高”了许多

初闻惊蛰

惊蛰，二月节。万物开始出动
五颜六色的花瓣铺满街道
每朵花都藏有一个关于春天的秘密

燕子留在回归旅途中的歌声
惊醒农民的美梦，一场与土地的战斗
吹响了号角

沏一壶春尖，静待壶水沸腾
如同枝丫期待着蝴蝶的到来

青苔把感情交给玫瑰，窗外的鸟不停啼叫
梨花开了，我从海底路过

初闻惊蛰时，我在翻滚的泥土里
听到麦苗的颤音

惊蛰

白鹭在河边化着浓妆
芦芽憧憬着种子时期的童年
池塘旁的柳树喝醉了酒
摇摆的身体吸引了杏花雨

梅花掉落的离愁泪惊动了春雷
沿着山路前行，流水总是冲在最前排
寺庙的钟声绕过古道的炊烟
桃花在鸟雀的观望里羞红了脸

万物升腾出阳气。黄牛辛勤耕地
暖云传来喜讯，苏醒的蚯蚓学会了翻身
草帽下的农人用农具在田间
描绘了一幅崭新的田园风景

三八节

专属季节即将到来
我知道，你是期待的
每瓣玫瑰花都拥有你的故事
那是你生命里的一部分

所有美好的时光都向你涌来
整个世界的温柔都注入你的眼眸

女神节，需要男人的娇惯
将生活中的辛酸苦辣一一背起
隆重会随着高脚杯归于平凡
但你们的伟大，永远
流淌在光阴里

最需要疼爱的精灵

读懂女人是门学问。
多少女人的传奇，沉淀在
岁月的流水中

全世界瞩目的节日里，是智慧与辛勤的旖旎
她们多像我家那片
默默无闻的草地
天地间，哺育了多少孩子

每个女人都是颗钻石，新世纪的英杰
和煦的春风荡漾着祝福
相夫教子培育出贤才，迎风而立
她们是最需要疼爱的精灵

记忆中的乡村

隐忍的秘密在胸口发芽
埋藏的声音一直蠢蠢欲动
垂暮静思，旷野的柳絮飘进我的额纹
春天转动着它的双眼俯察万物
山洪冲破了体内的大门

回家看看，我一路跟随这个声音
急促的脚步在洋楼间迷了路
那个土路泥墙的村庄消失了
连同不见的还有褪色的彩门

夕阳关闭金色麦芒
喜聊故乡的我，此刻竟失语
流放多年，我在水泥路上寻找
曾经的村庄

父亲口中的村庄

江南，阴雨绵绵。我在窗前发呆
没有任何预兆，没有任何借口
当嫩草推开石门
樱花红了眼眶

匆匆的行人在伞下哭泣
潮湿的梦痕粘黏昨夜的月色
这个季节，父亲总爱与我聊老家的事
这么多年未回老家的我
从父亲的口中，慢慢拼凑出一个
崭新的乡村

彩旗飘荡在村头，小汽车停满村头
自来水代替了井水
旱厕也在马桶时代销声匿迹

新时代的村庄，繁华的街道
必将见证新征程的辽阔

春意席卷而来

春意席卷而来，雨越下越大
田地里的小麦贪婪地吮吸
庄稼的长势蔓过了农民的笑容
美好的憧憬爬满树梢

愿意就这样默默沉伏在这片大地
与彩蝶跃舞，与飞鸟和鸣
化为一颗种子，长出不同的模样
在空旷的荒山开出一片花田
祖国的美景，从此便多了一处

大地的脉搏孕育出风花雪月
我捡起遗落的花瓣，如同我的眼泪
一起融化在七彩的沃野

春日暖阳

几只燕子飞跃农户屋顶，朦胧的人间
像一朵羞涩的桃花
悬挂在树枝尽头

春分的号角已经吹响，动物们纷纷响应
在奔赴春潮的旅途里
好奇的眼睛相互追逐、嬉戏
花香也尾随而至

水中的蝌蚪也可以游荡
在自由的天地里沐浴阳光
一切都是盛大的欢愉

我倚公园奇石而立
品读春风得意的笑容

春色无边

绿色的大地总有一些想法
蹲在地上的野花体内
一些欲望正在发芽
沉默的地面，蠢蠢欲动的声音
陆续传来

不一定非要记住什么
四叶草也开始变得忙碌
燕子的思绪盛开在白云深处
炊烟也有了不同的颜色

春天是朵花，温柔且细微
在我们的梦沿停留
为我们盖上月色的薄纱

推窗

潮湿的气息邀约游客光临
春天的邀请函委托清风送往各地

不敢大声喧哗，生怕惊醒
柳条倒垂的美梦
栀子花摇晃的脑袋，掉落在清晨的时光
我们沿街而行，在迟缓的春风里
探嗅自己的天性

肉体与信仰都在路上
特殊的韵味流淌在桃花丛中
伸手触碰，柔软的体肤开始洁白
花香在指缝间游走

东风飘忽不定。初春的触手翻入窗内
动摇了细胞的内心

刊登在《诗歌月刊》2023 年五期

春天的爱情

我们曾经拥抱各自的孤独
在无数个黑夜，怀疑自己的出身
卑微，连月亮也关闭了交流渠道

被窝里的哭泣，人群中的低头
如同一条搁浅的鲸鱼
知道自己的命运，又心有不甘
反复拍打岸边的沼泽
天空是心灵翱翔的最后栖息地

思念的轨道开始延伸
在尽头的沿岸，薰衣草染遍了海边
请不要再犹豫
勇敢地迈出双脚
朝着黄昏与夜接吻的地方前行

微风轻抚我的脸颊
滚烫的火焰在胸口燃烧
此刻，让光芒映射你的呼吸，勾勒出
我心中最美的樱花

我们在富士山下许愿
落英缤纷的花瓣滑入我们的吻中
在我们的身后
宽阔的春天处处有了爱情的模样

贫瘠心田的玫瑰

在春日
手捧一束鲜花，缓缓走进
你的眼眸

鹦鹉教会我们要勇敢表达
羞涩的心跳躲进了桃花的微笑里
天空的云也变换着造型
我在你的世界里流浪

岩浆滚落田野，树木慌张，百鸟齐飞
我们淡定地站在原地
相拥变为雕塑，直到万物重生
惊心动魄的场景反复在我的梦里排练
在你的视线之外，我如同一滴墨水
滴入你平静安逸的生活
一切都是那么顺其自然

别无他求，来自灵魂的深处，我们没有分离
我们的爱如此纯烈
没有什么可以与之匹敌
月光下，你的脸是我的心形
林木微笑，你披着婚纱从我的眼里走出
完成了我一辈子的故事

贫瘠的心田开始生长玫瑰
每一朵，都是爱你的心跳

从未探寻美好生活的脚步

推窗见景，满心都是欢喜
乡村振兴的号角已经吹响
用行动装点生活之美
乡村的颜值悄然蝶变

文化长廊围绕公园铺设
家风家教刻在每一处必经的栏杆上
家庭文明新风尚跃然于文明标识牌
少先队员们昂首挺胸，在城市的每个角落
留下公益的身影
为乡村振兴贡献出新生力量

宽敞的街道架起天桥
有序的交通在人群里排队
我们顺着人行道眺望，“数字中国”正在
共同富裕的道路上
越走越远

大城幸福可及

一座创新之城，现代文明气息的家园
我们在路人的微笑里前进
有梦可追，现代时尚的城市气度正在燃烧

文明城市创建出高品质生活
繁荣昌盛的都市涵养着人文精神与艺术精神
鳞次栉比的高楼大厦冲向苍穹
那是梦想的起点

共赴美好生活之约，在夏季
化身百灵鸟，携带一缕阳光，洒下
归属与认同

环境不断改善，机会持续奔涌
筑巢引风的底气与信心越来越强
让我们一起
塑造社会主义文化繁荣兴盛的
现代城市文明

登高望远

几度秋风打开了无数游子的思乡梦
南山上渐行渐远的雁影
勾起茱萸痴情的梦

枫叶的心态逐渐苍老
喝醉的秋风攥紧星辰
带着对老人的尊敬，迎着朝阳
大声地诵读《登高》
狗尾巴草被岁月打弯了身影

漫山遍野的思念跟随蹒跚的双脚
爬上思念已久的故乡

冬天的唇语

树叶纷纷逃离，沙漠的狂风席卷而来
伴随着冬日的深情
我们躲进屋中取暖，但却忘记了那枝
墙角的梅花

一粒瘦弱的种子，努力探寻温暖的土壤
悲伤逆流成河。一块燃烧的石头熄灭了
星星偷窥着人间的秘密
与雪人相拥，诉说忧郁的心事

一只麻雀飞走了，枝头上
几颗果实凄惨地痛哭
我尝试着翻译出，冬天的唇语

立冬所思

雪落，是冬季里最心动的时刻
茶炉旁，思绪间接性失忆
连同睡梦，也时断时续
在每一场纠结里诞生幻觉

空旷的荒野，北风与麦秸悄悄呓语
日历静静地躺在门框
立冬的到来，打破了万物四季轮回
母亲黝黑的食指，掠过雪花
邂逅村庄幽静的梦乡

我的记忆洁白得如同一张纸
脆弱易碎。一望无际的湖面划过轻舟
我只是一粒微尘

冬天的气息

半幅银白铺陈着荒凉。鼓楼失修多年
树梢飘落的雪花像放飞的一行白鹭
轻轻隐入群山之中
遗漏的尾声开始沉溺于夜色

门外风雪声吞噬着半生的火焰
内心的风暴越过沟壑
深埋心底的骨骼开始野蛮发育
咯吱咯吱地作响，如烟的日子

一瓣雪花，容纳一个村的命运
白头鸟一次次打破静景。白露横江
老屋在雪夜里不停地咳嗽
隐秘的风声中疼痛，找到了
最终的归宿

冬天

秋尾的风在月光下挣扎。梦话的眼泪
灌醉一个夜晚所有的喜怒哀乐
孳生岁月开始审判我的独白
花谢的日子里，冬天开始蔓延

流云引渡浸透灵魂的骨头，夜晚的老寒腿
在床榻敲打着过往的岁月
额头的白发互相取暖
颤栗的影子扶不住墙角的拐杖

大地的悲凉还在扩张
芦苇弯下伶仃的腰唱着挽歌
辞别一场暴风雪
开启一段，横舟无人的野渡

冬至

突然降临的雪让我不知所措
银白的世界里只剩五指
冬至的影子逐渐明晰

总要有一些事物被隐没，藏进岁月的最深处
记忆还是模样都已不重要
铁门虚掩着走丢的光阴
我们开始去尝试探险，迈出门槛的时候
故乡的炊烟没有再阻拦

还未来得及准备一场告别仪式
一切发生得太突然，霎时间
万物真实的面目都已模糊，局促不安的梅花
在微弱的阳光下
咬住了冬天的尾巴

冬至里

匍匐于天地间，在孤独与陌生感里
我们练习喘息
无可置疑。呼出的词句苍白无力
飘浮的灵魂仍在游荡

大雪中，村庄在熟睡，鼾声四起
树杈间的雪花交换着睡姿
在一个相对封闭的时空里安然入睡
睡梦里，我梦见古老的城墙告诉我——
冬至一定如约而至

或许是超能力，也或许是月光学会了语言
夜色里，窗外的枝头缩了缩衣领
一片雪花
落在了我的枕边

谷雨

晚春时节，万物尽情绽放春天的美
盛放与凋零，穿过黄澄澄的田野，向我奔来

花开花又落，善始善终已是生命常态
数不尽的青涩在一夜长大
翻阅下一页诗，嫩茶滴露
小鸟的歌声纷纷扬起，谷雨来了

走上城墙的台阶，脚步没有迟疑
在返青的季节，无法后退，就一直这样
喜欢深情的拥抱
喜欢一切细碎的仪式感

做一场春天的梦
在下一季或来年之前
学着沿途奔忙的人，落地生花

美好时节

春雨绵绵的四月，我看见
落地的花朵开始哭泣，它们无法表达不舍
树荫下的谷物，趁着午休
领回自己的影子

多好的时节
父亲播撒着自己的“谷雨”
躬身，脚印烙刻在田间地头，我无法阻拦
落日的移速，正如我无法控制
失态的湿眼眶

铺天盖地的雨水洗刷我人间百谷的隐伤
这里没有属于我的土地
该用什么填充余生的颜色，以逆行的姿态
俯瞰一座空山

红豆

十八岁的文字，有阳光
洒下的淡淡青草味
桂花树下的影子，重叠在
笔记里，有不可多说的秘密
是眼泪，埋下的稚嫩种子

深藏在泥土中，生根，发芽
在时间的缝隙里
长出一粒红豆
摘下，夹在陈旧的信封里
邮寄到远方

唯恐文字扭捏，无法诉清
心中的图案
裁剪出半轮明月，悬挂在床头
让王维的《红豆》更浓郁一些

爱情

在另一个城市生活
十字街头，处处都有你的
影子，玫瑰的枝叶
已不再青涩，花瓣
盛开得更加谨慎，充满了
不确定的香味
像迷雾，让身体干涸

爱一个人，不需要过多的
言语，接受沉默
接受天各一方，或日升西落
在雨天溺水
读海子的《海上婚礼》
风吹起你的头发

温柔落在阳光里，原谅
夜晚的寂静之罪
七夕，在幸福路口生长

致敬环卫工人

我们的父辈也曾这样俯身
在雨天，或 39°C 的土地上劳作
清扫街道上的每一处尘埃

梧桐树叶，在颜色发生变化之前
会提前准备好措辞，便于
凋零，在地上，没有一片叶子是
相同的；在环卫工人的日程里
没有一天是无规律的

清晨，中午，傍晚——
太阳从何处升起，在哪里
降落；他们重复记录
重复清除；在梧桐树叶飘落之前
从未怠慢

美容术

去除鱼尾纹，去除脸部
野生雀斑，在面部两侧，清除
在时间里沉淀的杂质
抚平，淡化，完成一系列手术
把阳光举过头顶

以扫把为画笔，蘸取多彩的
颜料，铺满大地，连树影中
斑驳的黑点，都赋予新的肌理

在美容院外，环卫工人
修整着道路两侧的花草
雨水洒了一地，或花朵开了一圈
自带的诗句，将一片淡黄的叶子
重新叠放，送入熔炉

荒村

炊烟填充着空荡的静默
屋门口的青苔让生锈的铁锁
更加孤独

老房子

黄昏跳落在我的肩头
年久失修的土屋，不再有浮尘
门口的脚印越来越远

新春

回家的旅途中
乡间田径回荡着鞭炮声
新春，从雪地中缓缓走来

庆元旦

新的一年即将来临
铁迹斑斑的老宅张贴着春联
和煦的暖阳里，等候元旦的呼唤

雷锋，一颗熟悉的螺丝钉

熟悉的名字划过心田
闪烁的光辉至今仍是我们的榜样
谦虚谨慎的态度流传千古
好事不留名，我们永远的楷模

“我愿永远做一个螺丝钉”
因公殉职，我们再也不能看见熟悉的脸庞
眼神里充满群众的泪光
机枪早已融入手心，满腔的热诚充斥每一天

凡做一事，必忠一事
平凡而细小的工作，是雷锋短暂的一生
他是人民的勤务兵
他是甘心情愿、可敬可爱的“傻子”
爱国、奉献、无私、正义！

雷锋，一座时代的灯塔

波澜壮阔的年代
人们的心灵依旧澎湃
吃不饱穿不暖的年代，劳动者默默付出
黝黑的手指握不住岁月的流逝
红色的血脉却永远赓续

丰厚的道德滋养着一批又一批青年
学习之风在神州大地蔚然成风
我们立志于在新时代绽放新光芒
在新征程的路途中奋勇前进

雷锋，是一座时代的灯塔
雷锋，是永不褪色的精神坐标
雷锋，是一座令人敬仰的道德丰碑
中国人民永远的楷模

乍暖还寒的时节里

北风入室，在晴朗的午后
读一封故友的书信
熟悉的笔墨追赶着香薰
我的春天需要勇气

屋后的油菜花开始发芽，嫩绿的叶片
簇拥在一起，喊痛的声音消除我整冬的记忆
柳树吐絮。万物渴求一场春雨
体内的寒气开始出逃

体弱多病的老树斩掉根须
残留的积雪动了真情，不忍离去
变为大地的俘虏

乍暖还寒的时节里，我们是否还保留
一颗怀旧的心

立春

山坡开始坐立不安，抖落了
熟睡的积雪。绿油油的草坪冒出了脑袋
外面的世界仍旧是白雪皑皑
各种草木的气味开始裸奔

看不见水草起舞，就连石缝里的野草
都在等待一场婚事
野鸭信使总是姗姗来迟，在江水里练习气息
我们在同一时间收到不同的来信

院角偶有花瓣掉落
殷红的嘴唇亲吻着大地的风云
在枯叶离开之前
把过路的人赶进黄昏

立秋辞

坐在窗前。枯黄的树叶
顺着视线轻轻飘落，与大地保持
相同的沉默，把微小的根系
扎根于泥土——

寻找新的故乡，寄居
无声，是月亮在夜晚撒下的
一把盐，形状难以捉摸
像家乡的河流，或是草木成灰
多么厚重啊

虚拟的秋天在此相遇
没有过多的准备，用呼吸感受
时间的流动、薄凉，
不用急于澄清
一片叶子的纹理
属于这个秋天，或是夜晚

迁徙

在天空中，每一朵饱满的云
都要接受洗礼
在时间的隧道里，寻找
安身立命之处

在迁徙之前，它们要学会
拆解影子深处的脉络
谙熟人间苍凉，承接
记忆的枝条，枯萎或生长
都有足够的理由
漂泊

声音，来源于候鸟的鸣叫
云朵在头顶飞舞，一片落叶
唤醒秋雨的记忆
试图擦去所有痕迹
让河水细细流淌

立夏

一直很安静。软体障碍物瞬间不再移动
在无聊的日子里，天气逐渐干燥
卷起舌头的大地背负知了的秘密
雷阵雨化为天空的代码

春与夏在午后完成交接
没有过多的话语，也没有过多的交代
就这样，属于春天的时代落幕了

我们应该伤心还是快乐，没有表情
像累瘫的小丑，仍然在微笑

阳光略显灼热，我们触碰着夏日的味道
每一粒种子在五月开始拔节孕穗
野草悬落的心终究未能落地，在午后
闭上了失眠的双眼

夏天

一场暴雨倾盆而下，落在母亲的花园
砸落的花瓣连哭泣都未来得及
太突然，在泥土里放弃挣扎
结局算不上不好，起码酣畅淋漓

暮色中，叶子恣意地绿
母亲手中的农具又更新了一批

我开始在花和果实之间巡视
在每一夜的月光下
悄然入梦
为每一株庄稼躬身，致敬

田埂上的小野花，昂着头
簇拥成一团，像大街上一群又一群的人潮
在人间沸腾

在汨罗江，谈论河流

我们谈诗，谈论诗人，谈论
汨罗江水，直至——
语言流淌的沙漠，蒸发了
江边的草木，越来越茂盛

一条鱼，卷曲在水底，不愿
醒来，一切都是假象，只有
艾叶的清香弥漫，用现实包裹
泼洒在汨罗江畔，如此浪漫

讲故事的人，却如此沉重
如千年的风骨，为江水提升了“盖度”
无需一条理由，惊讶于
大地有如此多的细小的河流
如此清澈，每一滴
都勾起汨罗江上的回忆，他依旧伫立
脚下流淌着一段段不朽的传奇
这一切，天上的云知道

端午祭

汨罗江边，给我一片艾蒿，和花
给我隐匿的脸庞——
记得故乡的月亮像一条鳊鱼，
或一条载满货物的老船

这水有多深，鱼儿早已探明深浅
那些从梦中醒来的人
驶向另一个港口，写下
并非自己的中年歌咏，言志
在一江清水中，重新出发

风景在眼中逐渐消失，只留下植物学
将棱角分明的粽子，写上清白
留给另一个人
江河翻涌，瞭望，远古的河岸
我们不断地遗忘
从《楚辞》里打捞伤感
筛选一些词语，煮了食用

向内察觉

正午的阳光，如此轻薄、热烈
亲吻着土地，风吹热浪——

父亲裸露着上身，挂着毛巾
在村口的老树下，静静地坐着
透过树荫，影子散落在麦田里
坐累了，就站起来，捡一根树枝
仔细查看着小麦，生长
抬头，低头，再看看日头
回来后，默默打铁
把镰刀打磨得光亮一些

如今，父亲的身体发出声响
依旧在老树下坐着
麦香飘过村口，粗糙的烟卷
从父亲口鼻中缓缓吐出
抬头，低头，再看看日头
回到家，才察觉到
身体生锈，生活斑驳如影

父亲辞

我回来时，父亲还在抽烟
蹲在石墩上，像一尊石像
烟卷像父亲的态度一样，含糊

——“好好念书”
父亲默默念着念着，低矮的身子
在月光下，越发坚硬
推开房门，习惯性蹲下，抽烟
——“好好念书”
母亲把衣服翻了又翻
一针一线，像是在缝补日记

夜深人静，虫鸣与呼吸交替
白炽灯发出光亮，把生活
照得更加清晰
关于生活，父亲没有多说一句话

爱的植物学

捧着一束玫瑰，去流浪
在深蓝色的海，或小小的人间
等一首熟透了的情歌
在七月抵达的时刻，放声歌唱

所有的事物都在树枝上
与喜鹊交织，星星格外明亮
在猛兽般的寂静里
水，轻柔地缠绕我的身体
开出巨大的花朵

我看见“塞纳河在米拉波桥下流逝”*
我们的爱情
打湿了白露，浸湿了所有的想念

注：* 引自阿波利奈尔《米拉波桥》，徐知免译

幸福密码

后来，我们准备老去
小小的庭院，犹如一座古城
处处留痕，门前的大树
用年轮记录下一切

从涂满红色油漆的大门
翻书中的红豆
只需一颗，打开笨重的门锁
小狗跑进屋内，或屋外
家的范围，随之延伸到灶台
到厅堂壁画，到屋后种的四季蔬菜
到隔壁邻居家的两只花猫

后来，我们先于事物老去
在门前，摆放两把藤椅
静看门前流水，一树花开
在小小村庄里，共享
黄昏，时间
为我们积攒小小的幸福

八一，用诗歌致敬

燃烧的思绪吹过盛夏
建军节如约而至
节日悄悄担任战友联络的纽带
叙旧、寒暄，合唱熟悉于心的军歌
澎湃的泪水滴入茶杯
溅起一个个往日军队的回忆

军魂被一代代军人传递
铜墙上永铸的忠义金光灿灿
血雨腥风的历史在每个人
心中驻留。万里长城守护华夏
为民服务的脚印踏遍边界丰碑
神州大地上繁花锦簇
怀着虔诚之心，用最高的礼节
——致敬！

草木放慢了时间

斜阳掉在江上
让秋天成了一种颜色
那是关于庄稼的故事

清晨洒下露珠，给予万物
清醒时刻，阳光栖息在农田
静静地摇摆
成熟的味道，扩散开来
在蟋蟀的鸣叫中，更加寥阔

成群的大雁，好似秋天里的雪片
赋予季节新的生命力
草木放慢了时间
猫儿眺望远方

有些的遗憾
一定会被秋风温柔化解

记忆老去

在风里，收集一些
飘在空中的凉意
不刻意，把要说的话写进去
当一缕阳光从边陲赶来
等待命运搁浅，遇到
一个爱看枫叶的人
学会收藏

在日子明朗时，再拿出来晾晒
和新事物一起感受
咖啡的浓度，想一想往事
看着故乡在远方老去

到了冬季，万物都会
被一场大雪覆盖
到时候，白了头
故事也就有了结尾

丰收的喜悦

在黑与白交错的光影里，我遇见了秋
麦田里，农民额头的皱纹填满故事
夕阳和晚霞争先恐后地抚摸着
一群弓起的背影

他们的姓名终将被遗忘，田梗的青草
被牛羊啃去大半
黑夜降临时，白色的牙齿总是
露出丰收的喜悦

月色下，蛙鸣修补田野收割后的孤独
翻耕过的泥土倾听着
下一个季节的故事
人们怀着幸福的美梦，悄悄进入梦乡

田里的毕业季

田野的毕业典礼定于明天
秋风挨家挨户地通知

麦穗精心挑选着领结，浆果在黄昏里
踏入期待已久的窠穴
当夕阳掠过眉梢，成群的蚂蚱
开始做最后的祷告

秋分夜，夜莺唤醒熟睡的记忆
树叶的焦虑症开始发作，猛地大口呼吸
蛐蛐练习着明天的演讲内容

毕业季如期举行，大自然内欢聚一堂
其乐融融的丰收酒宴上
它们共同举杯，致敬天空与大地
骄傲地交上今年的满分答卷

祖国，毕生的信仰

在黄河壶口的澎湃里
炎黄子孙的血脉经久不息
兵马俑的雄风，屹立着
一统天下的王朝

雄鸡屹立在世界的东方
透过历史的眼眸
我们铺开画卷，研墨动笔
画出新时代的梦想

一只云雀一路高歌
祖国，在我的心田流淌出一条
湍流不急的小河，我高举五星红旗
仰视祖国的信仰

祖国之光

铜黄色的皮肤印染炎黄的颜色
宝石般的黑色眼睛
仰望长城的绵延
飞天壁画收藏着千年的故事
在国庆佳节
放飞和平白鸽

请赐给我一束火炬
我将追随夸父的脚印
让每束光都守护起百姓的梦境
华夏大地弹奏永恒的旋律
漫天的彩霞追忆历史的貌容

新时代的步伐跨过蜿蜒的黄河
东海的日出欣赏春色
骄傲的胸膛发出呐喊——
伟大的祖国
我爱你

长征赋

一杯老酒，一支旱烟
一抹古老而温热的光亮
让整个战线安静下来

被冰雪覆压的莽原，杂草丛生
泥泞布满长征路
破旧的老水车，在历史中挣扎
空气如此清冷

无数个匆匆的脚印
像细密的针线，编织出鲜红的旗帜
——上面的黎明，是镰刀和斧头

背过我的老战友，穿过烽烟
在呐喊——
远方，是大地的心跳

丰收季

楼下的那棵老槐树俘虏了一只麻雀
把它囚禁在夏季的回忆里
蛐蛐望着倒映在湖面的心事
无奈地舔食嘴唇的那一片薄霜

漫山遍野的柳絮在秋风中颤抖
流浪的蛤蟆沿着玫瑰的足迹
找寻天鹅飞行的方向
学着手持黄菊的长发仙女，在裙摆微动间
释放心中的爱火

广袤的大地开始寂静
秋雨奏响了百姓的丰收曲
我们在这里重逢。深夜
和麻雀一起流浪在茫茫大地上

夕阳下

夕阳开始私语。夜色慢慢笼罩大地
栅栏上的爬墙虎悬而未落
假日里的我躺下床榻，静静地思考
窗棂是何时泛起的荧光

心底隐秘的故事正在发酵
稻田起伏的身姿描绘着秋天的辽阔
我看到在杂草中哭泣的蒲公英
寒冷的季节即将来临，它们一家
不得不迁移搬家

西坡的羊群
留在晚霞的睡梦里
枫叶飘落的瞬间
我拥有了自己的秋天

星星之火，山河矗立

天上繁星，照耀着温热的故土
升温，腾起的脊梁，是千万条
黝黑的扁担，是拧在一起的麻绳
牵引着我们的希冀

天上星光照耀，地下星火
燎原，经历一次次生与死的磨练
信仰如高山大河
历史滚滚前进

火红的岁月，燃起二万五千里
迈向八月，红色染透枫叶

故乡的旧事物，连贯
促成一条绵延万里的山河
我们静静伫立
安静，又祥和

归来的鱼

巨大的铁锤，砸出火花
敲醒了沉睡已久的
雄狮，锋利的镰刀，向上挥去
斩断旧时代的枷锁

那一刻，一场雨躲在云层
向彼岸超度
路程指控了过程
而流水失意，无需词语的绑架

听一首交响乐，把自己想象成
南湖的鱼，在最危险的时刻
激流勇进，跃上船头
等待暴雨的洗礼
两座山峰，酝酿一场更高的腔调

让乡愁慢下来

母亲坐在玉米地里
想着拖拉机的事，忙碌
占据了她的一生
父亲的伤口上，布满云朵

我用沉默回应，村庄的炊烟
背离我，草木寂静
树大无风，如我一般

隐约，有一个声音在喊我
是生活的逼迫，越来越近
道路越来越长，家门
越来越远——

早晨，重复推开窗子
我们如此真实的存在
在回忆中的碎片里，远离
在生活中，设置一场未知的旅行

随着脚步迁徙

我在雨中离别，经过驿站
熟悉，且陌生
踏上青石板，故乡
在车厢的轮子下反复辗轧
远处，或许更远

在城市的角落里，我想起母亲
是否同样在角落里，思念我
灰暗的路灯下
我不敢妄言这种伪装，还能
持续多久，穿梭在十字路口

白杨树的记号，被时光偷走
灯光驱逐我，或我们
一个人行走
找不到故乡
找不到我生活过的地方
只能随着脚步，迁徙

入伏有感

一曲蝉鸣入伏天
酷热的温度，让一切
汗如雨下

年老的树木脱落厚厚的外表
将最真实的面目裸露
在这天儿里
谁还会在乎寒冷

鸟鸣里传来阵阵无力
那倚在树下乘凉的老者
长吁，急吐
胸中的酷热似乎有所被排斥

一入伏天，自然
也会很“不自然”
接踵的汗水会在汹涌中澎湃

三伏天

每一轮回都会有新的变化
年少的记忆，在二十四节气里
知冷知暖

今年夏天似有所变化，仿佛
多了一些被汗水浸透的衣物
让本就不新的衣物，有了更多褶皱

母亲买了好多西瓜，不再去在意
那些涨伏的价格
像避暑的孩子，只有单纯的目的

不知是否留意，鱼儿跃出水面
麻雀不再聒噪，连爱逞能的牧羊犬也躲在屋里
所有的生物都畏惧着什么

古老仪式将会开始
乞雨的祭祀，唯欠一场风

山河如画

我们在这里生火，生活
用土地耕织，灌溉
在方言的馈赠中，获得群体属性
阳光充足，相互温暖

在乡村，最高的是炊烟
飘出一抹朵云，把天空涂抹成
任河流、草木、虫鸟在此共鸣
为村头留下几句闲话

比城市更高一些的，是十月份的阳光
折射出的巨幅山河图画
从长城到黄河，从北方到南方
越来越宽阔的是落日的余辉
绵延万里，脚下
幸福路口，向阳花开

山区支教素描

这个秋天，有太多美好的事物
小桥流水，田野飘香

一座小城堡，蓝白相间的油布
做成窗户，遮蔽高处的风雨
槐树木板拼成几张课桌，用土砖
垒出知识的厚度

屋檐下的燕子
叽叽喳喳地叫了
为理想捧起鲜花，孩子们捧着土豆、山梨
老芋头
腊肉是他们的全部

在那扇老榆木门的背后
是古老的撞铃
等到斜阳越到山后
那声音，浑厚悠远——

仿佛能够惊醒天上的星
我们，相互守候彼此的高度

在人间流动（组诗）

一

放下欲望，衔一根粉笔
写下桃李不言
隐居在山草丛林中
放弃那些“高大上”的词句
从云端出走

二

贫瘠而稚嫩的土地
需要埋下时间
在阳光花开之前
做一枚叶子
汲取养分，凋落成泥浆

三

月亮在水中沐浴
夜空是独有的风景
我的头顶，是孩子们编织的
花环，一声吆喝，在山间回荡

四

梨花开了，满地的雪

教室里的学生，一朵、两朵
如鲜红的腊梅
书本里，失落的文字
夹杂着孩子们的
眼泪

消散

夜深了，雨也降了下来
眼前，被巨大的黑色遮盖
一瓶酒陪到天亮，手指间的
烟火，是最后的光亮
不再有奢望，任风吹
世界嘈杂

等到远处微亮，便好了
去报摊，买一份今日的报纸
夹在腋下
朝嘈杂的早餐店
朝熟悉或不熟悉的人
打招呼，给昨日的落魄
一份虚假的证明
向前走，把那些奔溃的日子
消散去，躲掉

夜游

远方不给夕光留下影子
我们不拍照
只有一群波浪，用力鼓掌
酒精掺和在夜里，我们
看湖水在时间的缝隙里，漫上来
看你眼睛的抛物线
两个身影
在捉湖水的迷藏
离开湖，歌声比湖水更黏稠
忧心夜染了姑娘的衣衫
稍后，新一轮的邀约在湖畔中断
夜凉了，脸色不许红润
放你走，向西，向东
湖水的南岸，传来隐约的回声

生活章节

你已穿行过多的繁复，看透人世间
现在你可以活得简单些
早年的你曾经为一朵花的颜色
烦恼——你无法接纳它

你以为这世界应该是白色。一切
都该是清晰的，你欲走得更快捷
不幸你摔了第一跤
你理解了更多。你看见一座花园

你看见太阳每天都换，月亮也如此
深夜，你读星斗的寓言
你也曾在时间里榨油
学会了喋喋不休。你很累

你为一条皱纹举办研讨会
回眸，你发现一切都是多余
你承认，减法才是唯一的
这时候，你说：有一句话也就足够

故乡辞

在故乡，熟悉的人越来越少，陌生的人
越来越多，连打招呼的声音
都含糊不清
村口的老人，和树木一样老去
花草是新生的，每一声犬吠
都不在记忆里
四十年，群山丰满，阳光
填满河流
我追溯更多的记忆
我学着家乡的口音
向父亲一样的沉默，匆匆走过
每一个路口
——除了头顶的月亮
我无法辨认我的故乡
沉重的田埂上，有我轻微的呼吸声

旧照片

土豆，萝卜，牛腩并不是
我爱吃的食物
是儿子打电话叮嘱我买的
叮嘱我，自己做给自己吃
——他会放心
在斑马线上，我和更多老人
一同走到对面
在菜市场里挑选，购买
商谈味觉、触觉、视觉的美感

再一个人回到马路对面
似乎忘记了什么
又不值得回去购买
生活需要仪式感，需要
墙上挂着全家福，需要叮嘱我
吃土豆，萝卜，牛腩

像平常一样

太阳升起，我即将走向这条路
野草，砖石，荆棘。平坦或坑洼
我都要从这里经过
像平常一样

经过太阳升起，至西山降落
在时间里寻找，丢失的事物
劳作，或休息
在清晨，在中午，或夜晚
呼吸着湿润的空气
像平常一样，观察太阳，观察移动的
光，观察火热的生活，像我一样
平静地度过一生

四十年

母亲很少流泪
尤其是夜晚来临
在停电之后，微弱的烛光
像母亲的影子一样单薄
我一次又一次为母亲辩解
潮湿，并不是生活的全部
买菜，做饭，拨开窗帘
侍弄阳台温顺的花朵
如同阳光一样柔和
未读完的书，倒在父亲的酒瓶前
来不及清理
四十度的温水，在父亲嘴边
像极了共同生活的四十年

空无一人

关于房屋，我习惯性封闭
特别是大雨停歇的时候
将潮湿封闭，安静的窗口
透出些许光亮
爬上泛黄的书页
停留在伤心的词句上
弥漫——
生活至此，身外之物皆为虚拟
甚至于我本身，都是寄居在
堆满杂物的房间
返回原始的生活，夜空宁静
我，凝视自我
才发现，真的空无一人

太湖赋

今夜，轻身而去
在太湖河畔，听湖水动荡
感受水在指尖流动
听夜色里的声音，绘制
一幅巨大的春江花月夜

而我，居住在这里
并试图在此老去
活成一株柳树，垂在湖岸
任由阳光照耀
霞光轻抚，任由虫鸣轻佻
鸟叫挂满窗口

一瓶酒，似醉非醉
被月光吸引，灌满

云朵

在太湖，云朵的意义
不限于柔软
辨识过太多的风雨
连草木生长、湖水细流
都如此轻盈，像初识的爱情

水鸟立在湖面，波纹
随着一声鸣叫
在湖面上远去，时间
陷入童话般的景象，远处
山川、沟壑、草木
涂满鲜嫩的火焰

在黄昏未尽时
霞光铺满湖面
与云朵谈一场未完的恋爱

声音

在水乡，有一种声音
从扁舟上响起，辽阔而深邃
他们撑起竹篙，在波纹里穿梭
在水巷中停泊

东方微微鱼肚白
晨钟便以泼墨的方式
浸染着硕大的太湖
又轻，又重，又莽撞

两侧的草木，逐渐复苏
日常摇曳，日常翠绿

观察

一个人，总有扛不住的温柔
在生活的角落，我们停一下
时间就慢一分

清晨，细微的阳光里
泛起点点金光，是温柔的意象
画下的风景

在中午，空气中弥漫着
独有的厚重气息
阳光透过皮肤，生活
来的匆匆，痛感逐渐显形

在黄昏的周末
风在湖水面
汲取一丝凉意，涂满全身
呼吸
用身体感受生命的摇曳

秋雨季

落叶在夕阳下摇摆，进行着
最后的阐述
时间打在蓝色羽毛上
飞向远方

大地的秘密，藏匿于
细小的河流，花草，树木
学会蔓延——
记忆，在春天回归
生长，然后被时间染色

细看脉络，秋天什么都没有留下
除了遗憾，在雨后

七一，像一道闪电

古老岁月孕育神奇
那厚积的云彩藏着故事
闲时沉默不语
忙时，所有都将驻步

用鲜血涂红的电影
曾经电醒麻木
给了专政严厉一击

和平民主，在血与火中涅槃
每道身影和脚印
连线筑成权利的界碑
立在雪山之上，江河之中，荒漠之里

后来
它化作
一柄直指敌人的利刃
插在“旧世界”胸膛
一切安稳都源于，它闪光的锋利

迎接春节的每一天

春节前，我想奔向北方
在雪花织起的大地鼾然安睡
木耳在树枝间繁衍生息
冬日的寒意尚存，我们无惧向前

日历新的一页已翻阅，我们来到下一个开端
一切美好的想法逐一放飞
我们在太阳升起时，赞颂未来

这时，我完全是另外一种心情
喜悦，欢乐，还有幸福。何时到来的勇气
鼓舞我将悲伤的故事遗忘
保持善良的微笑，迎接
每一天的到来

迎春节

我一直徘徊在旧年里，在忧郁里
怀念逝去的岁月
始终没有勇气，迈出新春这一步
屋里的寒风卷来春的赞歌

岁月辞。新春在日夜奔波里到来
春节的鸟儿也开始扇动翅膀，等待翱翔
我们来不及叙述、规划，花瓣已经盛开
事物拼命地绽放，憋了整冬的微笑

时光齿轮昼夜旋转，红对联调整着次序
新年万象，故宫的四周落满了雪花
我们高唱凯歌，期待欣慰的喜事到来
打扫好房屋，把热闹与喜庆
欢迎进家门

在人民广场

硝烟散去，杜鹃花在人民广场
迎着阳光生长，绽放
一百年前的枪响，下起了大雨
松柏的叶子上，葳蕤着过去
历史的印迹里，填满了答案
又缺少了什么

我站在壬寅年的仲夏时光里
用画笔，勾勒出井冈山上的野草
树木，石头，和藏在里面的骨头
用天空做荧幕，对世人展示

在这山河静好的深处，蓝色的火焰
依旧燃烧，七月过后
广场上的人们，将迎着星星之火
在绿色信仰中
攀登，让命运带走一切

没有一种颜色

在遥远的战场，晚风的密语
比童话更圣洁，没有颜色
比它更鲜艳，纱布包裹不住
枪口无法让它屈服，炮火
不能使其灭亡
它来自大地，来自信仰
来自祠堂里的一砖一瓦
是骨子里流淌的颜色

这是一个隐喻，一个词语
流出的颜色，如此饱满
在黑色，或白色中反复辨别——

歌唱，冲出巨大迷雾
最终抵达世界，向更遥远的尽头
歌唱，给最平凡的人
拥有更多
却不及那一种颜色

喜迎二十大

海涛追随着夕阳的脚步
一枚红叶落入岁月的长河
今秋十月，喜鹊带着喜讯相聚于此
二十大的盛会如期举行

旌旗荡漾在天安门广场
神州大地光芒万丈，一群龙的传人
谱写新时代的新锦程

幸福安康地生活在和平年代
格外珍惜。伟大的复兴乾坤浩荡
人民幸福美满的笑容穿越长城
踏着百年辉煌的成就观望未来
中华万里竟如此多娇

未来更辉煌

党旗在中华大地飘扬，我们都是接旗人
踏着民族复兴的新征程
穿越中华上下五千年的历史
中华儿女们的梦想在此开始绽放

天安门前，和平鸽聚集一方
我们的眼神望着那远方的云朵
如同望见心底崇高的目标
认真贯彻二十大精神以来，民生正在有序进行
任重道远的步伐时刻告诫自己
自豪的时候切勿懈怠
灵魂的扉页上，朝霞发射着光芒
我们奋勇拼搏，歌唱二十大的赞歌
创造未来的辉煌

茶味

生长于山川草木之间，汲取
河流中最甘醇的部位
在岭地上接受阳光，走进身体
延伸出细嫩的枝叶

经过数十道手工考究，读取
只为能够在水中开出
一道涟漪

锁住黄昏下的一道暗语
只留下，飞鸟远去的身影
让这一味清香
微微发酵，生出温度
在口中细细融化，或者再慢一些
感受水的流动，感受着
自然的厚重

书房

无非是书桌、绿植，堆积的书籍
少量的茶水，枕头
挤满小小的书房，独有的宁静
可以让喧嚣短暂消失
让嘈杂停止苦恼，让生活
享受独有的空间，在书房

享受一场雪，或一场大雨
即使烈日当头
每一个文字，都有其独特的身份
兀自生长，爬满心房
与我融为一体，中年人

于书房而言
是被时间遗忘的沙漏
在雪地里奔跑
这里，挤满了阳光

睡眠赋

躺在床上，感受肌肉的呼吸频率
那是春天的遗址，蝴蝶和蜜蜂
都躲在花蕊里，采蜜
调和一场梦，该有的成分

一切都慢下来，未完的工作
放生，只注重属于我的
热闹部分

进入睡眠，身体每抬高一分
草木便生长一分
每一次呼吸，都更容易理解
花园为何如此热闹

没有多余的点缀
在阳光的宠溺里各取所需

安静

一颗星星的夜空，更容易
让人安静下来
如果可以，我想去那里走一走
从镜子里穿过去；此时
会有一场大雨，清洗痕迹

一间带有窗户的木屋
灰色的，屋中炉火沸腾

老旧的瓦片上，滴滴答答
苔藓生长，蔓上石阶
时间在这一刻偷偷溜走
我也变成了一个老头

在夜晚失眠，在大树下打鼾
感受和树皮一样的粗糙皮肤
目睹一颗流星在头顶划过
来不及许愿

印迹

母亲发来消息，院子里的树
枯了，叶子掉得厉害
可能活不久了，次日
母亲又告诉我

屋后和我小学同班的同学
生了一个大胖小子
母亲的话，越来越多
像父亲喝醉了酒，数落我
但母亲多了一份温柔
尽管声音压得很低

现在，眼前的这口酒
已经很难咽下了
我读着月亮，和母亲通话
像极了那个夏天

睡在青石板上，一不留神
烙满了印迹

便签生活

请允许我记录早晨的雨露
记录我们买菜，做饭，吃饭
记录谁不洗碗，谁在偷懒
记录时间一点点流入西山

字字清晰，每一条纹路都在
便签上蔓延
一张便签，就是一天的日子

小小的便签，像原始的兽皮印记
在墙上秘密粘贴
记录过去的生活

便签的数量越来越多，一直生长
长到顶上绿萝的枝叶里
阳光照射进来，细密的唇印
吻住幸福的字眼

你见过李大海吗？

你见过李大海吗？
他穿着灰色格子上衣
戴着黄色的工帽，短头发
眼睛也不大，憨厚爱笑
爱吃烤地瓜
但总是不洗衣服，有点脏脏的

你见过吗？见到了李大海
请告诉他，他的母亲在找他

一个头发灰白的母亲
喜欢带着围裙，弯着腰
扎头的红绳
就是李大海送的

如果见到他，请告诉他
他的母亲做了饭，在锅里热着

赚不到钱也没有关系
衣服脏了，要及时脱下来洗
母亲不说他……

在会议室

在会议室，阳光照射的格外用力
主讲人在台上说得字正腔圆

台下排列着旁听者
都有自己的声音
但无论是否听懂，都不重要
只需要翻开准备好的资料
先质疑，再肯定，鼓掌叫好

学习，也是必要的过程
等我们走向主讲台
用同样的声音，说着同样的话
台下有一样的质疑
有 样的肯定，有一样的掌声
每个人都墨守成规

在会议室，这是必要的课程

草本植物

在我老旧的村庄，阳光明媚
草本植物围绕着河流生长

最常见的事物
草——微小而密集
长在寂静处，承受整个村庄的重量

在雨后，它就像一个容器
藏起大自然的秘密，培育着
整条河流，整个村庄

我们知道的，草并不擅长修辞
它只会生长，枯萎，再生长

一生如此固执，作为底色
只为等待桃花盛开，万物复苏
然会枯萎……

痛饮炊烟

等吧，等到太阳落入西山
房屋最高处，就飘出熟悉的炊烟
有时向东，有时向西
但总会远离村子，向外飘荡

犹如散落的我们，离去或归来
总能在这里找到一丝慰藉

或在山顶，等时间慢下来
等炊烟再起，去接一大碗
饮下，再尝尝家里的炊烟的味道
哭得像个无家可归的孩子

酸甜苦辣，从眼角一齐流出
在炊烟里一点点漾开
痛饮，一个人痛饮
等炊烟穿过我们的肺腑
成为我们的一生

抽烟

一支烟的长度，约等于吞下的
生活杂质，在身体里搅碎，研磨
在浓烈的烟雾中细品

我们能记住的
都是深夜埋藏的故事
一支烟，可以诉说所有
且不让外人知道，烟头忽明忽暗的光
是生活沉淀下去的节奏

看得见的是一团烟雾
看不见的，是身体里的石头
被敲碎，发出吧嗒吧嗒的信号

抬头看看云吧

如果可以，放下手中的事物
抬头看看天上的云朵吧

看看它柔软的形状
软软的一团
风一吹，就变换成无数形状
但形状并不是云朵本身

柔软才是；当女儿想起棉花糖
云朵就是甜的，是可以分享的
当妻子想起窗台的玫瑰
云朵就是安稳的生活
当母亲想起老家的锅灶
煮一锅好饭

烟囱就飘出云朵的形状
挂在天空中，注视着我们的形状

黄昏落在河堤上

在合适的季节，在黄昏来临前
找一处驻地，把身体铺开
建造自己的生活领地

鸟儿飞过，带不走一声鸣叫
芦苇顺着风的方向，飘摇
水纹轻轻起伏
探知自然的力量
等一场无声的哑剧

黄昏在落幕时，粘在西山的衣角
微醺，像喝够了生活的酒

我还沉醉于流动的水
穿过心底的荒草
迎着黄昏，点燃一束火光
直到长眠不起

尖锐的事物

一夜之间，这座城市变得好冷
找不到出口，到处是尖锐的事物

慢慢刺透皮肉，深入骨髓
随着年龄的增长
连风也变得僵硬和麻木
一扇窗，能透漏更多事物

月亮悄悄奏起的小夜曲
一个音符一个字
在酒杯中碰撞，含糊其辞
那些缺席的句子，全部拒绝入场

在城市上空，看到自己下沉
时间慢慢裸露痕迹

雨中

在北方的村庄，广阔是没有边际的
偶遇一场雨的概率
却在此时发生
透过外部的声音，被雨水清晰

身体被一点点渗透
瓦砾上的声音急促而有力

炊烟被压得很低，低于
猫咪潜伏在房梁上的高度
麻雀淅淅沥沥的，落在电线上
成为一场雨的信号

在雨中漫步，描绘一幅春雨图
没有纸张，也没有边际

照亮

我是人间的一粒种子
了解阳光的温度，了解春天的花
会开，了解秋天枝叶飘落
浸入泥土
知道照亮我的是一束烛火

一束温热的烛火，在小小的
教室，散发广阔的、温柔的光
墙角蔓延过来
与窗外的阳光融合
在人生的旅途中，照亮前行的路

或曲折，或平坦
那束光，如太阳升起
一直在我的身后，做伟大的影子

栀子花

风雅，像赞美一首诗
诗里的栀子花，缓缓绽放
花蕊格外青涩
窗外低低吟唱，一束光
泼洒下来——
我滞留在另一个空间

做一场读书的美梦，梦见
三尺讲台，在您的脚下升起
粉笔如博物馆的特使，点点滴滴
把内容分解出来，制成语言标本

恩情，似难解方程
让我在早晨醒来
试图寻找最美的词语
赞美讲台上的那束栀子花

读书辞

在书房中受冷，清醒过来
读书上的文字，逐渐模糊
延伸到教室，课本内外
还有未完成的作业
惊醒；承受戒尺的重量
一次又一次，在教室外罚站

翻开头顶的书，大声朗读
在心里记下一笔糊涂账
记到如今，书上涂涂画画

破败不堪，只留下那段时光
温柔，缓慢，明亮

现在，痛击身上的
不再是戒尺，而是生活
能够看清的，是盖在头上的书
一字一句在黑板上呈现

打视频电话的母亲

日子松弛下来，母亲
总是缠着要用智能手机
热衷于视频电话；即使在她身边
或者三五步距离

母亲也要打来视频电话
不断调试声音，问我们能不能听见
母亲说，等我们都走了
剩她一个人了
也不会忘记如何打视频电话

即使白天，母亲一个人种菜
一个人烧火做饭
一个人在屋檐下午睡、发呆
也会打来视频电话——

即使不说话，把手机放在那里
听我们发出一点声音，便觉得安心

路灯

雪地里发出沉闷的声音
被黑夜缓缓覆盖
微黄的路灯
成了冬季里最温柔的语言

细腻的光，在深夜
平静而忧伤
等待着，一个不归的行人
照亮回家的路

在清晨，一层薄薄的雪
抹去一切痕迹

在大山处迷失

一座大山，有它自己的逻辑
作为外来者，我们还无法感知
它的底蕴

花草茂盛，飞鸟空鸣
不断在山谷游荡，树木深入云层
探索时空缝隙

石头内部开出花朵，从春天
里抽出花苞，生命的气息
在蜜蜂翅膀的震动中
像曼德尔施塔姆的语言
漫天飞舞……

雪花，应声而落
大山忽隐忽现，万物睁开眼睛

搬运蝴蝶兰

早上起床，看到妻子
把蝴蝶兰搬到阳台上
修剪、浇水，沐浴阳光
和以往并没有什么不同

下班回来后，吃饭，洗澡
辅导孩子功课
妻子又把蝴蝶兰搬运到客厅
以免被冷气侵蚀

即使半夜，妻子也要看看蝴蝶兰
而事物总在变化

比如：蝴蝶兰开始枯萎、凋落
枝叶泛黄
就像妻子的呼吸，在深夜沉重
她为蝴蝶兰痛哭

玫瑰命题

花瓣像红唇一样艳
炙热地吻向我
滴落，她的呼吸急促而饱满
像阳台上的那朵
粉饰着爱情
粉饰着一个温暖的家

爱与不爱，是青年人的伪命题
到了中年，便没有了这些谎言
工作，晚餐，睡前话题
今夜是否失眠，才是生活的方式

偶尔的玫瑰，火热的吻
足以冲淡整个年纪的空虚

添一把柴火

窗外，大风，大雪，下起冰雹
那些声音，嘶吼，咆哮
仿佛要把外部世界抚平，再撕裂

我和母亲在小屋中静坐
母亲煮着茶，不断添加柴火
微黄的火舌
舔舐着母亲的鬓角
母亲嘴里念叨着天气
却不会向外多看一眼

只因我们都在这里
这一生，母亲经历了多少雪雨风霜
早已习惯这样的天气
现在，我们在这里静坐
任凭风雪敲门

母亲讲她小时候的故事
讲到深处，就添一把柴火

微小事物

不知从何时开始，我更偏爱
微小事物

偏爱微小花蕊上的第一颗露珠
偏爱雨后的苔藓生长
轻轻的一片绿，偏爱阳光
透过玻璃，铺在书页上
赋予文字生命

偏爱二十一克的灵魂
偏爱细小的尘埃，飘起又跌落
从细小的声音中判断
沉默的事物，都在移动
他们有自己的规律

但是不可否认
昨夜的雪下得很小
薄薄的一层，涂抹在唇上
侵蚀仅剩的温度

杀雪

此刻，它从天而降
庄严而内敛
它并不知道在哪里落脚

一阵风，就让它不知所措
从一棵松树叶上，跌落
来不及熟悉眼前的一切
又被众多雪花挤压下去，随风飘荡
落在树干上，粗糙的树皮缝隙
让它得以喘息

雪还在下，仿佛无穷无尽
它看着满地的雪，看着河堤里
结成的冰霜
它等待着自己的命运
被季节杀死，流入河底

隐隐作痛

老家有多老，父亲也不知道
只是想起时，骨头隐隐作痛

即使破旧的房屋什么也没有留下
或许，只剩下一些苔藓

一路乘车，父亲抱着背包
观察着窗外的一切
逐渐熟悉，快了，快了
父亲念叨着，弯曲的公路
像他的脊梁一样，陡峭

在老屋前，不用钥匙也能推门而入
荒草蔓出破碎的石砖，缠绕
父亲一点点拨开
拨开记忆里的老屋
看着屋脊上的裂痕

父亲的身体又开始隐隐作痛
骨头发出声响

冬日垂钓

冬季，在河塘的两岸
在隐秘的小道上
总能看到静坐的垂钓者
沉默，与河流融为一体

计算好距离，时间，挂口
等待浮漂发出的信号
大雪轻轻抹去了所有痕迹
灰色的天空，声音低沉
说起我波澜不惊的一生

享受孤独，享受鱼儿跃上天空
舞蹈；水鸟在远处伫立，
信奉河流的永恒之术

那一刻，大雪纷飞
嘴角的烟头，忽明忽暗

有雪

我在夜里，发现雪
轻飘飘的，思绪绕过头顶
洋洋洒洒，铺满大地

一阵冷风吹来
细小的雪花
拍打着我的脸庞
生硬硬的疼，像往事
摇曳而来，在我的眼角聚集
结晶，如此真实——

醒来时，发现枕头湿润
窗外，鹅毛大雪漫天飞来

与父亲饮酒

我从外地归来
还未卸下一身疲惫
父亲便要与我饮酒
说：多年未见，喝点吧

父亲点着花生米
笑着，劝我多饮酒
家里的酒不比外面，私藏的宝贝
二叔来了，都不曾打开

我咽下几口，浓烈的味道
让我眼泪翻涌
场景竟如此熟悉
——像极了我离家时的景象

看着父亲一杯杯饮下
我才理解父亲，真的多年不见

海边的词语

在海边，据说，捡下一枚贝壳
就是一个词语
不同的形状，是不同的句子
不同的颜色，是不同的意象

贝壳里有远方诗人寄来的诗句
有他们的寂寥，有他们的生活
有他们裸露的骨骼……

如果把它们串连起来，绕成风铃
挂在床头，就能听到
它们内部的声音

理解海水的苦涩
理解大海的无边无际

在地铁里运行

呼啸而来的是人群
黑压压的人群，黏稠而浓密
拥挤在二号线的车厢
压缩，随着车身而摆动

每一个人都身不由己
接触到的空气，逐渐稀薄
有不同的声音叫喊，有人打电话
有人播放不同的视频
有人沉默，默认地铁里的密度
默认每天如此

就像生活久了，默认身边的一切
与自己无关

有人上车，有人下车
而地铁一直向前
呼啸而去

遗憾

昨夜的风，吹了我很久
很久，很久……

湖面流动的细小声音
在我耳边密语
像她的声音，清脆，呢喃
清晰又熟悉，有她唇边的温度
有年少时的浪漫

而酒水的苦涩
让人看清，没有一片雪花是慌张的
只有我的身体，不住颤抖
孤独从眼角溢出
多少细节流入湖底

湖边的柳树，承诺替我白了头

霜降

天气寒冷，霜降在夜晚来袭
小院的菜地里
落了一层霜，阳光还没有洒下来
母亲率先表示：
这些菜是过年吃的

母亲小心翼翼，用塑料纸盖住
像照顾幼年的我
一边念叨，一边打理
似乎要教会我这些生活技能
在我中年，或者是晚年时
能够得以其中乐趣

我伏在窗口上，看着
听着母亲的话
一层水雾，在我的心底沸腾

忘记一场葬礼

一张白布是所有的记忆
没有过多的细节
并不记得是谁在这里死去
或许，与死亡并无关联

久违的烟火气息升腾
无论熟识与否，站在那里
就算半个亲人，一场葬礼
将我们聚齐，慰问家属，寒暄
随后，跟着长长的队伍，前行
前行的路
似乎又有些熟悉

一样的声音，一样的蝴蝶飞舞
一样的安静，像阳光般轻透

回乡

回乡，是一件沉重的事
不仅仅是行囊的重量
还有厚重的乡情
路过村口，老树上的喜鹊
三分普通话，七分外地口音
一时发不出什么声音

打招呼的人，大多都变了模样
被岁月分解或重组
熟悉，却又不敢辨认

不敢辨认的，还有自己的村庄
从南到北，除了村庄的名字
没有什么可以确认

再次搜索着记忆里的事物
再次确认
是一个异乡人从这里经过

山中遇雨

人声消失在树林中
巨大的枝叶更加茂盛
从一滴雨水开始，越来越大

顺着树干，雨水流入树木内部
途径石头，有纹理的部分更加圆润
那是时间的痕迹。受季节影响
整座山都是镂空的

鸟儿鸣叫稀疏，巨大的雨声
遮盖住一切，那些开了花的灌木
有更多的雨水流入
空气逐渐稀薄，经过肺部
能够感受到绿的味道

苔藓，在暗处秘密生长
植物都有独特的生存方式
我们也属于生长的一部分

预习生活

当太阳升起，我们必须把灵魂
安放在昨夜
让肉体承受这一天的重量

习惯于奔波，劳累
习惯于生活中的琐碎事件
吃饭，喝水，争吵，展现表情
在电子通信里，记录仅有的快乐

时间不紧不慢，不痛不痒
就这样，不断模拟或模仿
直到完全复制
连我们呼吸的节奏都一样

直到我们来不及预习
却早已习惯明天的生活

蜉蝣之术

回到河流，回到湖泊
洄游在时间缝隙
在尚未命名的事物之中
领悟蜉蝣之术

习惯于漂泊在水的表面
流淌，存活于惯性之中
孤独是从未感受到的痛楚
没有什么
比它更在意一个人的漂浮

靠近的一切，都像是临时驿站
旅途没有终点
而我们一直在生活中，漂浮

柚子皮

在一个阳光偏离的午后
剥开一个硕大的柚子
裸露出，淡红色的果肉
孩子们一拥而上，把果肉分食

母亲一边剥，一边说着
“果肉给你们，果皮要给我
留着泡茶喝——”

清洗，切片，晾晒
母亲犹如茶艺师一般
在沸腾的水中，煮开

茶水映射出母亲的笑脸
如同柚子淡红色的果肉
饱满而让人欣慰

局促的烟卷

点燃一支烟，星火短暂地迸出
在局促的空间内
享受独处，让故事在烟雾中浓烈
清晰，又逐渐模糊

犹如月光下的雪，凝结成块
滴落在额头，我曾四处游荡
踩在时间的躯体上
擦拭隐秘伤痕和积雪
习惯，用一支烟治愈生活
一根又一根——

吐出浓白色的气体
燃烧残缺的信纸
在凌晨十二点的房间里
局促不安

雨季来临

在三色堇的花丛里
预谋一场雨，洗涤它的枝叶
躯体、根部，从上到下
如阳光一样温柔

天气如此轻盈
不自觉让人放慢脚步
一点点聆听，花丛的内部
有虫子的密语，有河流的声音
有青苔悄悄生长，允许缓慢

露珠从枝叶中渗出
像门前的小河
在花丛里寻找星星
慢慢细数，一滴，两滴……

桥口

细数曾经的日子
走过多少陌生的路
都难以忘记村头的桥口
那安稳的感觉

一座桥，撑起多少沉重的脚步
见过多少来来回回的人
如今，年久失修
被逐步拆解，除了斑驳的痕迹
也没有留下什么

距离远了，回乡的路也更加颠簸
但无论如何
都走不出旧桥口的安稳
即使，水泥、钢筋浇筑
固若金汤

只有河水依旧流淌
依旧流过破旧的桥口，咚咚作响

书架上的绿萝

拿起，或放下一本书
都忍不住抬头
看一眼书架上的绿萝
宽大的枝叶
拥有极强的生命力
繁殖，就像一个又一个文字

从生活中掉落，在书中
汇聚成一段又一段句子
肆意生长——

拿起，或放下一本书
都有足够的分量

南京

了解城市，并非特别经过
而是一包清淡的细烟
淡淡的薄荷味
能让人忘却生活的苦闷

多一些，再多一些
金陵十二钗的命运，如同
吐出的烟卷，无迹可寻
却让人如此着迷

点燃，破碎的烟灰散落一地
窗外的风，或风景
终有定格之时
在南京街道，在烟雾缭绕的街口

寻找一个生活的浪子
试着理解他的一生

猫

一只橘黄色的猫
占据沙发、书桌、床尾后
选择占据墙角

细腻的毛发，从体内卷曲
如同生活的细小影子
随着呼吸，微微起伏

阳光照射进来
洒在圆滚滚的身体上
多了一层温柔的外衣
这正是它独有的可爱秘诀
——等待，阳光流淌过去

若是一只飞虫惊扰
我就另寻一块宝地
承接阳光的热烈，让生活
慢慢睡去

观影体验

中年人的噩梦，便是在电影中
看到自己的影子
甚至是语言、神态、打呼噜的样子

像是照了一面被巫师诅咒过的镜子
开篇揭过，结局不明
但每一粒生活的细节
都被真实还原

回到家中，玻璃上总是回放着
电影里的情节
尤其是卸下一身疲惫，洗澡

照着镜子，从雾气中看到赤裸的
自己，想到没有结局的电影
一遍又一遍重复……

半夜，吃下两片安眠药
在妻子的拥抱下，才得以安稳入睡

画皮

我们该怎样描述一个人
描述他的一生

首先，从他的外表解剖
透过骨肉，研究血液流淌的方向
每一条经脉，都有它的肌理

再从头骨，眉毛，鼻子，嘴巴
直至脚趾——
都有生长的结构方式
最后，从上衣，裤子，鞋子
以鞋底的勾勒为结束

但是炭笔的黑，难以画出
他空白的一生

声音

时间落满屋顶
像昨日公园的樱花，缓慢开放

每一朵的颜色各不相同
和每日回家的父母一样
轻微的变化
在空气中流动

悄无声息
如同刚回家的父母
深一脚浅一脚地走着
自言自语，听不到声音

疼痛内因

身上的疼痛
让我深知生活的厚度
每一次骨骼作响
身体就宽阔一些
容纳更多情绪

麻木，是日常生活的面具
时间久了
就成了本来的面目
只有一些细痕
越来越深
时间透过来，兀自生长

发生

远处的灯光更亮一些
照亮更多的小路

月光显得清淡
虫子的叫声逐渐温柔
风，再安静一些，能听到
草木生长的声音
一点一点捕捉——

河水缓慢流淌，磨砺着石头
留下的故事
生命和死亡
都在这里发生

向日葵

夜里的向日葵，没有阳光
依旧保持鲜艳、自信
保持开放
黄色的花瓣，像婴儿的嘴角
勾起多年的记忆

那时的阳光，带有自然的香味
有雨露的温润
——颗粒饱满

如今，在花瓶里储藏
难以翻出巨大的波浪

写生

在一处村庄里，写生
临摹这里的一切
河流、树木、房子
熟睡的猫和树上的果子

不熟悉的
并不妨碍我复制它们
比如：瓦片上的苔藓
可以看到雨水飘落的风景
炊烟像泼了墨
留下几道鸟儿的身影

现在回想起来
那日天气很好，画面里
落满了鸟儿的鸣叫

独坐

我并不知道思考了什么
就这样坐着，一切都在悄然变化
季节在树叶上吐出新的颜色
河水流动的声音
像体内的报警器，越发清晰

山有多高，飞鸟并不在乎
飞过，或者是略过
都不影响它的自由

脚下的石头，在泥土中
探索时间的声音
如同我跳动的脉搏
清晰地计算着我的死亡
或许是今天，或许……

巨大的忧愁笼罩我，光秃秃的山顶
早已空无一物，
星星落下一道影子
我在这里生根，在这里独坐
点燃内心的火苗

昨夜

昨夜，是过去的一颗钉子
在酒里，闭上眼睛
一饮而尽

如果流下眼泪，那就不要再提
如果喊痛，就点燃一支烟
打开窗户，让思绪飘荡出去

越过树木，越过后半夜的星星
记忆，打开了闸门
发现生活的诸多秘密
我却绝口不提
只觉得昨夜清净

阅读阳光

不知生活真相的人
很难读懂阳光的热烈
在每一个角落阳光所到之处
尘埃都有了颜色，或黑，或白
或浮游于万物之中

阳光从一棵树开始，阅读
从最接近太阳的位置，绿叶
枝干、树根，甚至深入泥土的
根部的石头
内部流出新的颜色
都能够理解风儿吹过

空气中产生的颜色
红、橙、黄、绿、青……
正如我们的一生，不断转换
从空白到成为自然

大雪天气

冷，是从母亲的叮嘱开始的
即使不在身边，电话那头
总能传来我应得的温度
或冷，或温暖

离家多年，母亲对天气的预判
越来越准，叮嘱的那几句话
连停顿的语气都是一样的
“多穿些衣服，天冷”

天气似乎知道母亲的执拗
大雪，就来得早一些
点点飘落，落在母亲花白的头发上
遮盖住母亲的视线——

“怎么样，我说冷吧”
我裹紧了外套，吐出一口白气

屋顶

小时候，踩着板凳
爬上猪圈围墙，再爬上墙头
顺着爷爷的叫喊声
爬到屋顶，倒不是被父亲手中的棍子追得急
而是，远处的老槐树更加茂盛

像一栋大大的房子
挂着我小小的秋千
挂着我和小伙伴们的心事

时间，就这样摇晃过去
老槐树被时间腐蚀
巨大的枝头
像干瘪的爷爷，广场上的水泥地
抹去了最后的痕迹

如今，还是摇摇晃晃的日子
但爬上屋顶，坐在最高处
再也看不到那时的风景
只有一些声音，在那里飘荡

下起了小雨

在老旧的街道分别
落叶失去了原有的重量
随风飘荡

巷子里的琐碎声音，像极了
四十多岁的母亲
重复着古老的方言
清晰，又模糊

只记得相同的语气，微微颤抖
在告别，在进行最后的挥手仪式

抬起头，星星失去了踪迹
在这个温柔的夜晚
我的心里下起了小雨

回乡小记

穿过黑夜，穿过大西北的轨道
抵达河流的内部
一切都是如此安静
空气中，飘荡着熟悉的味道

是熟睡后，树木发出的声响
记录着我熟悉的乡音

到门口，不需要打扰谁
母亲说，钥匙放在左边墙角的
石头下，系着一条红绳

推开房门，月亮悄悄入眠
母亲发出轻微的鼾声

月亮知道我的一切

今夜，写一封信，邮寄给月亮
告诉它我的温柔与怯懦
告诉它
我被时间束缚了手脚
被生活磨平了棱角
也要告诉它，不要声张

我用带有花纹的窗帘装饰它
只在妻子熟睡后的半夜，打开

再写一封，诉说今天的一切
孩子的生活费要给了
妻子的面容逐渐衰老
母亲打来电话
说父亲的腰又疼了……

月亮，你能听到吗?
我躲在人间的某个角落
等待着你的回复

骨头结构

那么多年，被时间敲敲打打
我这一身骨头，终于有了回音
疼痛——

尤其在阴雨天，隐隐作痛
且逐渐生锈
我多么希望，可以
把体内的骨头抽出来

清洗，晾晒，让质地更加坚硬
然后构图、重组，
像一根根钢筋，支撑起我的身体
重组骨架，重组我的一生

在凌云路

在凌云路，平淡的街道
遇见凉薄的天气
人们穿着厚重的棉衣，叫卖
烧饼，烤肠，热牛奶
叫卖来年的生活

简单的招呼，让热气浓郁了几分
来来往往的人，含糊不清
没有谁记住谁的模样
只从简单的声音辨认
村西，大梁，小冯庄
滞留得久了
我也成了熟悉邻庄人

当我离开时
依旧有人走过凌云路口
依旧有浓白的热气喷涌而出

蒲公英的赞词

在野外，风一吹，它便没了踪迹
风带走一些，雨水击落一些
还有未知的部分，飘向未知

像遗落的宝石，镶嵌在
月亮的缺口处——
家乡，是陌生语言的载体
我幼时就已经学会，从村口的
乳名，喊到大学门口
蒲公英的赞词
讲述着秋天的果实

在风起的关口，蒲公英遵循着
自然目录；借助时间
隐藏在时代各个角落，感受
轻飘飘的生命之重

察觉

向一座城市说早安
昨夜无雨，微风划过时代广场
响起昨夜曲，共鸣其中

放缓节奏，听大海的声音在
鱼群中飘荡，回应惊涛骇浪

海鸟迂回，巡江二十余里
沉迷于比诗更遥远的旗帜

漫步在青石小巷，历史的厚重
在墙体上蔓延，粉笔写下的
唐诗宋词，和一棵老树驻扎在此

向内逐渐辽阔
美好的地方，总是率先察觉

人间书

长街，在霓虹灯下
洒满了颜色；时间停留在
寂静的水面，泛出点点余温
新事物迭代，如幻灯片般
播放——

远处的灯塔，放入人间烟火
暂住在生活内部
做万物的信徒

勤劳的父辈，在大地耕种
不时地升起火焰，在深夜
读遍人间书，尝遍人间事物
具体的，或虚无的
不断修改着故事和传说
惊艳于
人生的花期太短

太阳

一个人晒太阳，阳光
堆砌在满是皱纹的脸上
透过毛孔，看到沧桑的岁月
在某个夏天，顶着相同的
火热的太阳
在南湖的小船上
打开一扇历史的大门

星火散落，夺走太阳多余的热量
燃烧，擦亮陈旧的步枪

在谈到战争和冲突时
成熟的火焰更旺了一些
向上燃烧，燃烧
让亲人取暖，世人安睡
大地露出微笑，发出巨大声响

从《诗经》中流出

在云岭深处，稻谷走上
云梯，挑起生活重担
如我们的父辈一般，热爱着
脚下生长的土地

从每一粒黄金中提炼酒的气息
那是《诗经》中流出的味道
在身体深处被唤醒，贴上标签
感受四十六度的温热

每一滴眼泪，都足以填满河流
流向土地深处，滋养万物

如今，父亲提起厚重的事物
总是举杯，三杯两盏后
诉说着时代的故事

美丽乡村

踏入村口的瞬间，仿佛进入了仙境
综合性文化广场上，百姓们聊得热火朝天
高大的牌楼下面
一条悠长的木制长廊蜿蜒盘旋

驱车向内，主街巷院墙特色鲜明
人文历史特色浓厚
一街一环五巷，彰显了新农村
乡村特色旅游特质

在山巅俯瞰，景色诱人的田园风光
以及美丽宜居的农村环境
使得乡村再次绽放新颜
村民的归属感随着村貌的提升而增强
文明的乡风席卷而来
幸福感也逐渐升华

新农村

美丽乡村梦正在真实地进入人们的生活
乡村振兴的步伐逐渐加快
农民腰间鼓起的钱包犹如收获时候的仙桃
在蓝天白云的映衬下
村容村貌焕然一新，充满了无限的魅力

村庄建设有序进行，村级产业发展也逐步增大
农业特色产业已成为村民致富增收的宝藏
良好的人居环境是村民共同的期盼
也是每个在外的游子
乡愁的重要寄托

美丽家园的画卷正在徐徐展开
科学规划连接着历史和未来
乡村内在的生命力已经被唤醒
神秘厚重的民俗文化
早已成为世外桃源的憧憬与向往

清明，爷爷不会再回家了

小雨顺着天幕倾泄而下
它们的祖先是否也在这里，无人可知
每一滴都是柔软的，躲进我的体肤
在我的骨头里躲藏、哭泣。

一切都无济于事。最后的诺言没来得及兑现
山谷的万物寂静无声
我开始与自己的影子抱团取暖
脚步懂事，每一步都特别轻
生怕打扰祖先们的长眠

两支香烟已点燃，熏黄了墓地的野花
它们叫不出彼此的名字，陪伴了一年又一年
在时间的悬崖上，又相互簇拥

春天的故事里
爷爷不会再回家了

清明的疼痛

我们沿着盘旋的山路爬行
每一步，都发出沉重的呼吸
向泥土鞠躬，每一铁锹都是伤害
将思念折叠放进贡品中
所有白色的虚词，都开出了细碎的花瓣

墓碑带有光阴的味道
露出银白色的裸背，祖辈的名字仍熠熠生辉
我在血脉里找寻心归的方向，以及
在碑文里解读我的根脉

鞭炮响起，雨水打湿了倾情表达
一杯酒落地
几捧泥土算是正式新迁
清净无尘的世界又被我们踩疼

母亲的秘密

荷花。游离在池塘边
阳光顺着帽檐跳上归家的列车

家门口的老榕树累弯了腰
母亲农活归来时，捡拾掉落的果实喂羊

几只公鸡，啄弄着阿黄脱落的牙齿
饭香味从母亲的手中偷偷溜出

鸽子飞过。老破门沉默地替母亲守着
关于思念我的薄脆秘密

偶遇垂钓者

只是这样，清澈的遇见
像紧致的鱼线撞入水中
给予打破沉寂的力量

鱼钩弯成问号
倒挂在垂钓者的心头
我注视着湖水裂开的伤口
不知那些细密的鱼，是否会咬钩

风，摇晃着树叶
湖面上浮着梦一般的影子
此时，需要有足够的耐心
才能把半个下午的期待钓入鱼篓

鱼漂抖动时，一提杆
就垂钓起半生的惬意和黄昏

钓鱼

草木在原野中摇晃，将生活
推向岸边，这河湾里的水
是最绿，最深情
鸟儿匆匆忙忙的行囊中，将凉凉的
春意带向远方，去播种
不知名的花，吐出细细的芽孢
朦朦胧胧的一层绿，满满铺展开来
含着河水，轻抚着大地

鱼钩和鱼饵，刺破水的皮肤
回荡，鱼儿在心里开出水花
阳光铺在水面
水波温柔，水草和鱼群
在云端游动，想当一回姜太公
身披斗笠，自在垂钓
醉在了花开的季节
好希望收获一条欢快的鱼
在自由与惬意之间，摇曳

今天，我放生所有的鱼
等待浪花飘起，面对群山
与世界沉醉
将身心交给湖泊

鸣叫

七月，是个有“火”的日子
在南湖的游船里
藏着红色星火，在山川
河流、草木之中点燃
从大地的深处燃烧
沸腾，绵延万里

他们肩上披着霞光，背承烈日
在落日余晖中，寻找夜空中的星星
指引

漫漫长夜无眠，身体开始
鸣叫；海鸥发出的信号，被海浪扬起
击中沉睡的人们

听见

用为数不多的词，解释
湖水、游船、镰刀、锤子

在连绵不断的井冈山，在
白雪皑皑的高山，或
泥泞的沼泽、汹涌的河水
手中发黑的镰刀和生锈的锤子
交错，发出低沉的怒吼
唤醒四万万人的身体内核

我们用心呐喊，喊破嗓子
喊出血泪，让山岗听见
让河流听见
让一草一木听见，让牛羊、鸟雀听见
让故乡听见——

重建

七月的颜色，来自于历史的
创伤；以长江之水清洗
用火红的旗帜
包扎、覆盖；以黄河之水缠绕——

麦田收割，裸露黄褐色的土地
生长；绿色的果树，结出
金色的果子；每一个生命
都开出不同的花朵

学会扎根，学会汲取，学会生长
冲破黑色的岩石，背靠
河流与阳光
重建生活秩序，在太阳落山前

扁舟

在南湖，大风吹起的地方
一叶扁舟，承受了无数风雨
十三位艄公，从不同的地方
用不同的语言，以共同的方式
游出嘉兴南湖——
游到万里山河，深处
点燃一把万丈天火，燃烧
七月，是历史留下的痕迹
是未知空间里，完成这一段使命

漂摇在茫茫的大海
那一叶扁舟
终将抵达，历史的肩头

延续

在老家，没有熟练掌握方言之前
谁家办红事，或是白事
无论是否认识，一声招呼
一根烟，就能帮衬一整天

在城市，在人群拥挤或
稀疏的巷子
有事或者无事，点一下头
就是一个招呼，日后见面
情有三分，几杯薄酒
就能畅谈到黎明

在七月，这片土地，
南湖的游船，把这神秘的延续
扩散；连同湖里的卵石
都坚不可摧，发出同频的
呐喊

青春之力，吹响热血号角

当鲜血滴入管中，璀璨的星光开始奔走
洒遍人间的每个角落
温暖的臂膀捐献再生血液
用爱为生命续航
无偿献血的队伍逐渐扩大

轨迹，是共同的爱心交汇而成
在他们坚定的眼神中
献血，更是一种延续生命的信念
是救人于危难的责任
这是社会文明的有效体现

我们都是小人物
却拥有大情怀
一摞摞红色的献血证
一个个闪光的灵魂
每一位英雄都有博爱无私的高尚情怀
在“生命袋”的承载里伸手
理由有千万种，唯有风知道

红色暖流为爱奔腾
志愿服务精神贵在坚持
青春之力，吹响热血号角
让我们一起高呼——
奉献、友爱、互助、进步

冬日里的橘子

初冬，母亲来到我在的城市
买了五六个橘子
放在茶几上，喊我们吃
我和妻子忙着工作，就忘记了

第二天，母亲拿起橘子
说忙得很，吃两个橘子，是甜的
我急着去公司，说回来吃

橘子还在那里，不大不小的
失去水分的外表皮
有些干黄，母亲坐在那里
把橘子一个一个剥开
边吃边说，橘子是甜的
我早就说过

公共汽车

已知的是终点，未知的
是旅途中的风景，来不及识别
那些事物的名字，一路向南

去很远的地方，中途有人下车
有人上车，不同的位置
更换着不同的人
汇聚着不同的语言
还有不可识别的烟味
蔓延，小小的空间
让公共汽车上的人，凝成一团
绵密的稠度

眩晕的感受，从鼻腔蔓延到口腔
仿佛旧事物的凝固
让人失去东西，也失去南北

在雨中醒来

是时候了，在雨中醒来
打开微弱的灯光，试图读懂黑暗

听雨水敲打门窗，顺着墙壁
流入体内，流入锈迹斑驳的骨骼
喂养那些微小的苔藓植物

明天转晴吗？天气预报并没有说
灯光越来越暗
我从巨大的黑暗中醒来

陷入沉默：“在夜的门槛上，
对幻想的坚持，收获森林。”*

注：引自勒内·夏尔《旧宅》

晚起大雾

在我居住的城市，窗外
飘起了大雾，雾中没有森林
是一栋栋的房屋

一切都变得虚幻，远处的灯光
散开，在雾中独自忧伤

二十多岁时皮肤黝黑的自己
穿着简单的工装
在城市中奔波，穿梭
寻找未知的归途
寻找那一盏忽明忽暗的灯火

今夜，大雾又飘起了
潮湿在身体里蔓延
隐约从眼睛里流出，隐约

慢下来的时间

不知什么时候，时间慢了下来
看着阳光从窗外照进屋内
落在妻子的毛衣上
照出针线的细节，细细观察

有时，阳光会落在妻子的脸上
细嫩的毛孔，轻轻呼吸
慢慢享受生活里的暖

有时，在慢下来的时候
长出阴影，长出一些皱纹
尤其是午睡的时候
观察妻子的眼睛
观察妻子身体的变化

慢下来的时间，无声无息
没入我们身体的每一个细节

四海路向西

这条路和以往并没有什么不同
除了落叶多了一些
笔直向西，通过百货市场

我不记得哪里有一条长凳
坐着一个面容枯槁的老人
眼神清澈而又忧伤

衣服的色彩，让他有些暗淡
他拿出一根烟，点燃
向我问路，问一条我不知道的路
我查了一下地图，依然找不到
他点点头，说：大概是记错了

我看向这个路口——四海路
居然找不到回家的路

糖纸

天气微暖，我会想起她
中午吃饭，也会想起她
看阳光慢慢渗透肌肤
也会想起她

像小时候珍爱的一颗糖
在手心里融化，也舍不得吃
下课后，偷偷看一下
放学后，再看一看
嘴里的甜味是一整天的

如今，长大了
只剩下糖纸
透明，微黄，而忧伤

身体的内部零件

在汽车修理厂，我看到那些车
被拆成若干零件，抹油打蜡
修理，再重新组装
我的身体就隐隐作痛

回想到四十多岁，奔波于生活
手臂、大腿、肩膀、胃部
已经数次发出警报

在医院的走廊，我恐惧那些
沉闷的味道，我想到我的身体
极有可能被拆成若干零件
或者是灌入某些润滑油

我听到僵硬的骨骼在响
在身体里，敲打我的血肉
我没有接受医院的建议
也没有听清妻子说了什么
身体里的声音，已经向外扩散

候鸟

从一个季节飞往另一个季节
经历过幼年、壮年、老年
经历过每一朵花的名字
跌落，或死于飞行途中
都是生命存在的形式

在一座城市，上百万只候鸟
聚集，在高楼大厦中穿梭
即使体形消瘦，
也在不知疲倦地飞行

却找不到同伴
找不到可以停落的枝头
也找不到属于自己的季节

行李箱

明天要去很远的地方
母亲忙碌了两天，买了一个
足以把我装进去的行李箱

衣服，薄的，厚的；牙刷，牙膏
香油，粉条，还有半斤炒面
即使母亲知道我不做饭
即使母亲知道那里可以买到

行李箱塞得满满当当
打开了关，关了再打开
母亲查看了一遍又一遍

母亲依旧念叨着
又去院里的桃树下挖了两捧土
灌了一瓶水
母亲说，路途太远
怕我水土不服
如果缺什么，打电话
她让隔壁的小叔给我邮寄